Poesia marginal

PARA GOSTAR DE LER 39

Poesia marginal

ANA CRISTINA CESAR • CACASO • CHACAL
FRANCISCO ALVIM • PAULO LEMINSKI

Seleção e organização
Fabio Weintraub

Desenhos e imagens acidentais
Guto Lacaz

editora ática

Poesia marginal
© herdeiros de Ana Cristina Cesar, 1998; Chacal, 2005; Francisco Alvim, 2005; Pedro Landim, 2002; herdeiros de Paulo Leminski / Editora Brasiliense, 2005

Diretor editorial	Fernando Paixão
Coordenadora editorial	Gabriela Dias
Editor assistente	Fabio Weintraub
Redação	Heitor Ferraz
Coordenadora de revisão	Ivany Picasso Batista
Revisora	Ana Luiza Couto
ARTE	
Capa	Eduardo Rodrigues
Editora	Cintia Maria da Silva
Assistente	Eduardo Rodrigues
Editoração eletrônica	Studio 3
Pesquisa iconográfica	Sílvio Kligin (coord.), Angelita Cardoso

CIP-BRASIL. CATALOGAÇÃO NA FONTE
SINDICATO NACIONAL DOS EDITORES DE LIVROS, RJ

C113

Poesia marginal / Ana Cristina Cesar... [et al.]; seleção e organização de poemas Fabio Weintraub ; ilustrações Guto Lacaz. –
São Paulo : Ática, 2006
104p. : il. - (Para Gostar de Ler ; 39)

Autores: Ana Cristina Cesar – Cacaso – Chacal – Francisco Alvim – Paulo Leminski
Contém suplemento de leitura
Inclui apêndice e bibliografia

ISBN 978-85-08-10108-5

1. Antologias (Poesia brasileira). 2. Poesia marginal – Brasil. I. Cesar, Ana Cristina, 1952-1983. II. Weintraub, Fabio, 1967-. III. Série.

05-3794.   CDD 869.91008
                            CDU 821.134.3(81)-1(082)

ISBN 978 85 08 10108-5 (aluno)

CAE: 207863   IS: 248540

2017
1ª edição
10ª impressão
Impressão e acabamento: Gráfica Paym

Todos os direitos reservados pela Editora Ática
Avenida das Nações Unidas, 7221 - Pinheiros - São Paulo - SP - CEP 05425-902
Atendimento ao cliente: 4003-3061 - atendimento@aticascipione.com.br
www.aticascipione.com.br

IMPORTANTE: Ao comprar um livro, você remunera e reconhece o trabalho do autor e o de muitos outros profissionais envolvidos na produção editorial e na comercialização das obras: editores, revisores, diagramadores, ilustradores, gráficos, divulgadores, distribuidores, livreiros, entre outros. Ajude-nos a combater a cópia ilegal! Ela gera desemprego, prejudica a difusão da cultura e encarece os livros que você compra.

Sumário

O VENTO NO ROSTO 7

Sentir é muito lento 11

Os olhinhos do poeta 31

Se o mundo não vai bem 47

A vida que para 65

DE MÃO EM MÃO

A poesia marginal dos anos 70 85

A ficha dos poetas marginais...................................... 99

Referências bibliográficas 104

O vento no rosto

Ana Cristina Cesar, Cacaso, Chacal, Francisco Alvim e Paulo Leminski: este livro reúne cinco vozes bem diferentes e dissonantes que, tendo marcado para sempre a poesia brasileira da década de 1970, continuam presentes nos dias de hoje, levando no verso e na conversa velhos e novos leitores.

Do grupo reunido nesta antologia, apenas Francisco Alvim e Chacal estão vivos e em atividade. Os outros companheiros de geração foram ficando, infelizmente, pelo caminho. Primeiro foi Ana Cristina, que cometeu a indelicadeza de se matar, aos 31 anos, em 1983; depois, Cacaso, que em 1987, aos 43 anos, teve uma parada cardíaca e se foi; por último, em 1989, partiu Paulo Leminski, o genial "cachorro louco", que tinha vindo para bagunçar o coreto bem-comportado da poesia.

Apesar de todas as diferenças existentes entre eles, podemos destacar um traço comum: a reprodução direta da fala, sem exageros. Ana, Cacaso, Chacal e Francisco passaram pela experiência da poesia marginal, quando os livros eram bancados pelos próprios poetas, em edições artesanais. Neles, a coloquialidade soa alto, contando um caso, dizendo coisas da vida cotidiana, testemunhando sua perplexidade diante do mundo. Leminski já vinha de outra escola, de outra onda: era um apaixonado pelas experiências de linguagem dos poetas concretos, mas também usava esse vocabulário comum, do dia a dia, como flechas ligeiras no coração do leitor.

Cada um tem sua particularidade. Francisco Alvim quer compor um grande painel da nossa sociedade, trazendo para a página o que pega de ouvido, como se tivesse um gravador a tiracolo. Sua poesia se abre à conversa dos outros; cede a voz e a vez numa operação que vai além do mero registro, pois quer flagrar a ideologia cristalizada na língua brasileira. Já Cacaso procura misturar tudo isso com sua própria memória afetiva e com muita pesquisa poética, principalmente sobre a nossa literatura romântica e modernista.

Ana Cristina, por sua vez, optou por trabalhar com o registro da intimidade, como se vê nos diários e cartas. Mas se trata de uma intimidade aparente, que escapa, que não se revela, como num jogo. Não era um jorro de palavras que vinha diretamente do coração.

E Paulo Leminski, de modo diverso mas com intenção semelhante, filtrava a emoção e o sentimento numa poesia que jogava com o espaço da página, com a procura de formas concisas e contundentes, como o haikai[1], um dos muitos sinais de seu apreço pelo Oriente.

As páginas que você lerá em seguida oferecem uma pequena amostra do clima de uma época em que abrir um livro era receber em cheio o vento no rosto. Algo desse espírito continua soprando aqui. Então prepare-se: esta é uma leitura que pode mudar bem mais que o seu penteado.

---

1 Poema de origem japonesa surgido no século XVI. É composto por três versos, com cinco, sete e cinco sílabas, e toma com frequência a natureza ou as estações do ano como tema.

Sentir é muito lento

Os olhos da ingrata que nunca nos beija, a luz de
um corpo que apaga os caminhos, os seios submersos
da sereia. Todas as velocidades e vacilos do coração
que, de tão lento, quase para; ou solta faísca
e incendeia o horizonte.
De quantas maneiras se diz o desejo?

Fogo-fátuo

ela é uma mina versátil
o seu mal é ser muito volúvel
apesar do seu jeito volátil
nosso caso anda meio insolúvel

se ela veste seu manto diáfano
sai de noite e só volta de dia
eu escuto os cantores de ébano
e espero ela chegar da orgia

ela pensa que eu sou fogo-fátuo
e me esquenta em banho-maria
se estouro sou pior que o átomo
ainda afogo essa nega na pia.

Chacal

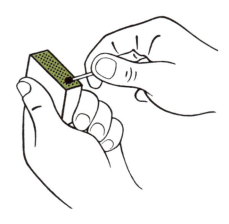

Moda de viola

Os olhos daquela ingrata às vezes me castigam às vezes me consolam. Mas sua boca nunca me beija.

Cacaso

Sara

Se sara sarar do sarampo
sara será sereia
pois sara não é feia
embora não seja um anjo
merece um solo de banjo

Chacal

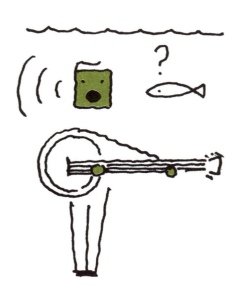

Happy end

O meu amor e eu
nascemos um para o outro

agora só falta quem nos apresente

Cacaso

Parada cardíaca

Essa minha secura
essa falta de sentimento
   não tem ninguém que segure
vem de dentro

   Vem da zona escura
donde vem o que sinto
   sinto muito
sentir é muito lento

Paulo Leminski

Nada, esta espuma*

Por afrontamento do desejo
insisto na maldade de escrever
mas não sei se a deusa sobe à superfície
ou apenas me castiga com seus uivos.
Da amurada deste barco
quero tanto os seios da sereia.

Ana Cristina Cesar

---

* O título deste poema alude ao verso inicial do poema "Brinde" ("Rien, cette écume..."),
escrito pelo poeta simbolista francês Stéphane Mallarmé (1842-1898).

Ana Cristina

Ana Cristina cadê seus seios?
Tomei-os e lancei-os
Ana Cristina cadê seu senso?
Meu senso ficou suspenso
Ana Cristina cadê seu estro[1]?
Meu estro eu não empresto
Ana Cristina cadê sua alma?
Nos brancos da minha palma
Ana Cristina cadê você

Estou aqui, você não vê?

Cacaso

---

1 *estro*: inspiração, criatividade, engenho poético.

Ana C

gosto muito de olhar um poema
até não mais divisar o que é
respiração noite vírgula
eu ou você

gosto muito de olhar um poema
até restar apenas
voceu

Chacal

Quando entre nós só havia
uma carta certa
a correspondência
completa
o trem os trilhos
a janela aberta
uma certa paisagem
sem pedras ou
sobressaltos
meu salto alto
em equilíbrio
o copo d'água
a espera do café

Ana Cristina Cesar

Temporada

Se o porco é espinho
caço e asso
se o corpo é sozinho
traço e passo

Cacaso

Delírio puro

quanto mais louco
lúcido estou.

no fundo do poço que me banho
tem uma claridade que me namora
toda vez que eu vou ao fundo.

me confundo quando boio
me conformo quando nado
me convenço quando afundo.

no fim do fundo
eu te amo.

Chacal

Faísca

Incêndio no horizonte
portas do vento
a mão verde
afaga o rosto

Teu cheiro de areia
Tua boca de água

O sono da nuvem

Francisco Alvim

Hora do recreio

O coração em frangalhos o poeta é
levado a optar entre dois amores.

As duas não pode ser pois ambas não deixariam
uma só é impossível pois há os olhos da outra
e nenhuma é um verso que não é deste poema

Por hoje basta. Amanhã volto a pensar neste problema.

Cacaso

Álgebra elementar

perder um amor é muito duro. perder dois é bem menos

Cacaso

Fotonovela

Quando você quis eu não quis
Qdo eu quis você ñ quis
Pensando mal quase q fui
Feliz

Cacaso

Sentado

Dois embrulhos cautelosos
Duas suaves eructações[2]
à sombra do abajur de duas lâmpadas
Os dois amores voaram pela janela
Eu fico aqui, nesta poltrona
duas vezes sentado

Francisco Alvim

---

2 *eructação*: arroto.

Na folha de caderno

Queria te dizer coisas singelas e verdadeiras
mas as palavras me embaraçam.
Estou triste, meu amor, mas lembre-se de mim com alegria.

Cacaso

Água

Falar de ti
é falar de tudo o que passa
no alto dos ventos
na luz das acácias
é esquecer os caminhos
apagar o enredo
é pensar as formas do branco
como teu corpo numa praia
branda e azul
Tua pele não retém as horas
escorres, líquida
sonora

Francisco Alvim

Os olhinhos do poeta

Nada mais esquisito do que o trabalho do escritor, pelo que implica de violência e delicadeza. Delicadeza de quem, como criança, empina palavras no céu do papel, e violência dos que convertem o verso em "tiro no que encarquilha a linguagem". Os poemas desta seção falam das ambiguidades e impasses diante da folha em branco. Convite para uma luta que pode deixar "um filete de sangue nas gengivas" ou acabar no zero a zero.

TENHO uma folha branca
   e limpa à minha espera:
mudo convite

tenho uma cama branca
   e limpa à minha espera:
mudo convite

tenho uma vida branca
   e limpa à minha espera:

Ana Cristina Cesar

Papagaio

estranho o poder do poeta
escolhe entre quase e cais
quais palavras lhe convêm
depois as empilha papagaio
e as solta no céu do papel

Chacal

Desencontrários

Mandei a palavra rimar,
ela não me obedeceu.
Falou em mar, em céu, em rosa,
em grego, em silêncio, em prosa.
Parecia fora de si,
a sílaba silenciosa.

Mandei a frase sonhar,
e ela se foi num labirinto.
Fazer poesia, eu sinto, apenas isso.
Dar ordens a um exército,
para conquistar um império extinto.

Paulo Leminski

na superfície

foram descobertos
hoje
às cinco e meia da tarde
peixes
capazes de cantar

capaz o poeta
diz
o que quer
o que não quer
e chama os nomes pelas coisas
capazes
de cantar
danos causados por olhinhos suados e marés

os olhinhos do poeta
piscam como anzóis
exaustos
na piscina

Ana Cristina Cesar

Sem budismo

Poema que é bom
acaba zero a zero.
    Acaba com.
Não como eu quero.
    Começa sem.
Com, digamos, certo verso,
    veneno de letra
bolero, ou menos.
    Tira daqui, bota dali,
um lugar, no caminho.
    Prossegue de si.
Seguro morreu de velho,
    e sozinho.

Paulo Leminski

"Um poeta não se faz com versos"

O poeta se faz do sabor
de se saber poeta
de não ter direito a outro ofício
de se achar de real utilidade pública
escrevendo tocando criando

o que pesa é não se achar louco
patético quixote inútil
como quem fala sozinho
como quem luta sozinho

o que pesa é ter que criar
não a palavra
mas a estrutura onde ela ressoe
não o versinho lindo
mas o jeitinho dele ser lido por você
não o panfleto
mas o jeito de distribuir

quanto a você, meu camarada
que à noite verseja para de dia
cumprir seu dever como água parada
fica aqui uma sugestão:

— se engavete junto com seus sonetos
porque muito sangue vai rolar e não
fica bem você manchar tão imaculadas
páginas.

Chacal

Vacilo da vocação

Precisaria trabalhar — afundar —
— como você — saudades loucas —
nesta arte — ininterrupta —
de pintar —

A poesia não — telegráfica — ocasional —
me deixa sola — solta —
à mercê do impossível —
— do real.

Ana Cristina Cesar

Helpless

O sus do susto o pó da pólvora eu quero
engolir sílabas e vomitar o pânico
só assim minhas unhas
encarnadas vão à máquina
para numa rajada de letras
tirar cada segundo ao marasmo

é assim que vejo cultura: bala no bandido
tiro no que encarquilha a linguagem

a língua é boa solta
fazendo escarcéu da sua boca
se embrenhando nos labirintos
dos seus ouvidos

perdida perdida

Chacal

---

* *Helpless*: indefeso, desamparado.

Flores do mais*

devagar escreva
uma primeira letra
escrava
nas imediações construídas
pelos furacões;
devagar meça
a primeira pássara
bisonha[3] que
riscar
o pano de boca
aberto
sobre os vendavais;
devagar imponha
o pulso
que melhor
souber sangrar
sobre a faca
das marés;
devagar imprima
o primeiro
olhar sobre o galope molhado
dos animais; devagar
peça mais
e mais e
mais

Ana Cristina Cesar

---

* O título deste poema alude ao célebre livro *As flores do mal* (1857), do poeta francês Charles Baudelaire (1821-1867).

3 *bisonha*: insegura, inexperiente.

Olho muito tempo o corpo de um poema
até perder de vista o que não seja corpo
e sentir separado entre os dentes
um filete de sangue
nas gengivas

Ana Cristina Cesar

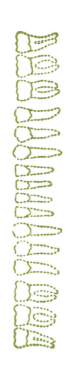

Vento

grafar uma música
é como querer
fotografar o vento

a música existe no tempo
a grafia existe no espaço
o vento no vento

Chacal

O BICHO alfabeto
tem vinte e três patas
ou quase

por onde ele passa
nascem palavras
e frases

com frases
se fazem asas
palavras
o vento leve

o bicho alfabeto
passa
fica o que não se escreve

Paulo Leminski

Distâncias mínimas

Um texto morcego
se guia por ecos
um texto texto cego
um eco anti anti antigo
um grito na parede rede rede
volta verde verde verde
com mim com com consigo
ouvir é ver se se se se se
ou se se me lhe te sigo?

Paulo Leminski

Se o mundo não vai bem

Faz tempo que os escritores abandonaram suas torres de marfim e desceram até a rua.
A opressão política, o medo, a desigualdade social, a solidão, a vontade de cair fora, tudo isso aparece nos versos a seguir, pela visão crítica e irônica desses poetas.

Discordância

Dizem que quem cala consente
eu por mim
quando calo dissinto[4]
quando falo
minto

Francisco Alvim

---
4 *dissentir*: discordar, divergir.

Jejum

Cuspiu no prato em que comia
Tiraram o prato

Francisco Alvim

Meu filho

Vamos viver a era do centauro
metade cavalo
metade também

Francisco Alvim

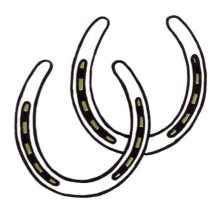

À geral

Onde andará a estrela vermelha?
no céu
no céu da tua boca
no céu da tua boca aberta
na fé do teu coração sangrando
na fé do teu coração
na fé da tua ação
na fé
no ferro
onde andará a estrela vermelha?

Chacal

Ortodoxia

Chego a entender
o Stálin
Para fazer a reforma agrária
teve que matar
10 milhões de camponeses
Tratamento, que tratamento?
Desculpe o racismo mas
terapia de crioulo é trabalho

Francisco Alvim

Ele

Inteligente?
Não sei. Depende
do ponto de vista.
Há, como se sabe,
três tipos de inteligência:
a humana, a animal e a militar
(nessa ordem).
A dele é do último tipo.
Quando rubrica um papel
põe dia e hora e
os papéis
caminham em ordem unida.

Francisco Alvim

Faz três semanas
espero
depois da novela
sem falta
um telefonema
de algum ponto
perdido
do país

Ana Cristina Cesar

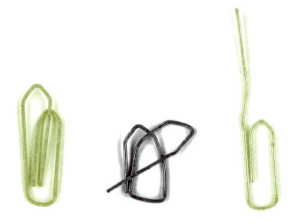

Grupo escolar

Sonhei com um general de ombros largos
　　que rangia
e que no sonho me apontava a poesia
enquanto um pássaro pensava suas penas
e já sem resistência resistia.
O general acordou e eu que sonhava
face a face deslizei à dura via:
　　vi seus olhos que tremiam, ombros largos,
　　vi seu queixo modelado a esquadria
　　vi que o tempo galopando evaporava
　　(deu pra ver qual a sua dinastia)
mas em tempo fixei no firmamento
esta imagem que rebenta em ponta fria:
poesia, esta química perversa,
este arco que revela e me repõe
　　nestes tempos de alquimia.

Cacaso

Horas*

O olho do relógio vigia meu coração
(acima do bem e do mal e dentro do medo)
Até às onze horas de hoje
não amei ninguém.
Espero que até às cinco da tarde amanhã
eu ame alguém.
O olho do relógio vigia, vigia.
Mas nem o medo afasta o desamor.

Francisco Alvim

* incluído em "Três poemas do coração".

Autoridade

Onde a lei não cria obstáculos
coloco labirintos

Francisco Alvim

É proibido pisar na grama

O jeito é deitar e rolar

Chacal

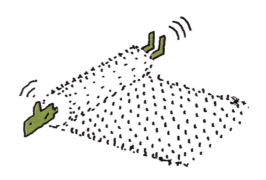

Erra de uma vez

nunca cometo o mesmo erro
duas vezes
    já cometo duas três
quatro cinco seis
    até esse erro aprender
que só o erro tem vez

Paulo Leminski

As aparências revelam

Afirma uma Firma que o Brasil confirma: *"Vamos substituir o Café pelo Aço"*.

Vai ser duríssimo descondicionar o paladar

Não há na violência
que a linguagem imita
algo da violência
propriamente dita?

Cacaso

Reclame

Se o mundo não vai bem
a seus olhos, use lentes
... ou transforme o mundo

ótica olho vivo
agradece a preferência

Chacal

Relógio

Com deus mi[5] deito com deus mi levanto
comigo eu calo comigo eu canto
eu bato um papo eu bato um ponto
eu tomo um *drink* eu fico tonto.

Chacal

---

5 Transcrição fonética do pronome "me", visando aproximar a escrita do registro oral.

Cartilha da cura

As mulheres e as crianças são as primeiras que desistem de afundar navios.

Ana Cristina Cesar

A vida que para

Muitas vezes a poesia nasce do espanto, de uma espécie de interrupção no curso natural das coisas, e se constitui como uma forma de conhecimento. Basta um pequeno desvio na direção do olhar para que o mundo se apresente sob nova luz.

a NOITE
me pinga uma estrela no olho
e passa

Paulo Leminski

Buracos no céu

quando tempo e espaço se cortam
quando nosso corpo se encontra
diga que perdi a cabeça
diga que sou uma bolha de alka seltzer

quando chove meteoro
quando os buracos se encontram
caem fagulhas na terra
correm agulhas no sangue

desorganizado saio de casa
com um guarda-chuva de *cheeseburger*
com uma capa de amianto
e não me espanto

entretanto descobri:
a loucura é um sopro no ouvido.

Chacal

Como abater uma nuvem a tiros

Sirenes, bares em chamas,
carros se chocando,
    a noite me chama,
a coisa escrita em sangue
    nas paredes das danceterias
e dos hospitais,
    os poemas incompletos
e o vermelho sempre verde dos sinais

Paulo Leminski

Ulisses

O búzio junto ao ouvido
ouço o mar
O mar: apenas
quarteirão e meio de onde moro
Prefiro ouvi-lo no búzio

(calmo, calmo)
No quarto
(a vida que para)
ouço o mar

Francisco Alvim

Arte do chá

ainda ontem
convidei um amigo
   para ficar em silêncio
comigo

   ele veio
meio a esmo
   praticamente não disse nada
e ficou por isso mesmo

Paulo Leminski

Ossos do ofício

Sempre deixei as barbas de molho
porque barbeiro nenhum me ensinou
como manejar o fio da navalha

sempre tive a pulga atrás da orelha
porque nenhum otorrino disse
como se fala aos ouvidos das pessoas

sou um cara grilado
um péssimo marido
nove anos de poesia
me renderam apenas
um circo de pulgas
e as barbas mais límpidas da turquia.

Chacal

aCORDEI BEMOL
tudo estava sustenido

sol fazia
só não fazia sentido

Paulo Leminski

Vento vadio

às vezes vem um vento
e levanta a aba do pensamento
jogando o meu chapéu
pra lá da possibilidade

Chacal

aQUI

nesta pedra

alguém sentou
olhando o mar

o mar
não parou
pra ser olhado

foi mar
pra tudo quanto é lado

Paulo Leminski

Que desliza

Onde seus olhos estão
as lupas desistem.
O túnel corre, interminável
pouso negro sem quebra
de estações.
Os passageiros nada adivinham.
Deixam correr
Não ficam negros
Deslizam na borracha
carinho discreto
pelo cansaço
que apenas se recosta
contra a transparente
escuridão.

Ana Cristina Cesar

Sombras
derrubam
  sombras
quando a treva
  está madura

  sombras
o vento leva
  sombra
  nenhuma
    dura

Paulo Leminski

MEU CORPO deixa sulcos na areia.
São marcas suaves, um pouco de mim que se modela

nas coisas, meu alucinado desejo de permanecer...

Cacaso

Abaixo o além

d e dia
céu com nuvens
　　ou céu sem

　　de noite
não tendo nuvens
　　estrela
sempre tem

　　quem me dera
um céu vazio
　　azul isento
de sentimento
　　e de cio

Paulo Leminski

Meio fio

tem um fio de queijo
entre eu[6] e o misto quente
recém-mordido

        tem um fio de goma
        entre o chiclete e eu
        recém-mascado

tem um fio de vida
entre eu e teu corpo
recém-amado

        tem um fio de carne
        entre teu corpo e teu filho
        recém-nascido

tem um fio de saudade
entre eu e você
recém-passado

        tem um fio de sangue
        entre a razão e eu
        recém-partido

tem um fio de luz
entre eu e mim
recém-chegado

Chacal

---

6 Em nome da fidelidade ao uso coloquial, vemos aqui o pronome pessoal *eu* antecedido pela preposição *entre*, contrariamente ao que preconiza a norma culta (*entre mim e...*).

Eu, hoje, acordei mais cedo
e, azul, tive uma ideia clara.
 Só existe um segredo.
Tudo está na cara.

Paulo Leminski

Conheça nas próximas páginas um pouco mais do contexto histórico em que surgiu a poesia marginal e acompanhe de perto as aventuras de nossos poetas naqueles anos de opressão, rebeldia e desbunde.

De mão em mão:
a poesia marginal dos anos 70

Pra começo de conversa

Eram cabeludos, universitários e poetas. Imprimiam seus livros em pequenas gráficas ou mesmo em casa, num mimeógrafo — uma velha máquina à base de álcool e papel carbono (nas escolas, quase todas as provas eram mimeografadas). Os livros tinham, assim, um caráter artesanal, sendo às vezes grampeados, ou simplesmente dobrados e colocados em envelopes. Isso era o menos importante. O que esses poetas queriam mesmo, naquele começo dos anos 70, era que a poesia feita por eles chegasse logo às mãos do leitor. Distribuíam os exemplares entre amigos e também os vendiam em porta de bares, teatros e cinemas, ou na própria faculdade onde estudavam.

Os poemas procuravam falar da vida imediata, numa linguagem sem enfeites ou amarras, coloquial ao extremo, em que o humor e a gíria encontravam bastante espaço. Era a linguagem com a qual eles falavam entre si, e se entendiam. Falavam de amor, sexo, droga, política, vida familiar: tudo isso numa espécie de código da tribo. Bebiam em todas as fontes: do modernismo à vanguarda concretista, passando, claro, pela Tropicália, com seus ídolos pop. Nada ficava de fora. Porém, prefeririam beber dessa água de forma espontânea e intuitiva, sem quebrar muito a cabeça.

Estandarte em serigrafia, criado por Hélio Oiticica, a partir da foto de um traficante assassinado pela polícia.

No geral, estes jovens queriam abrir a boca, falar pelos cotovelos, dizer do clima da época, cheio de contradições. Queriam registrar a própria experiência da vida. A poesia falava do "aqui, agora", com poemas curtos e rápidos — raros eram os poemas que ocupavam mais de uma página. Normalmente, eles tinham quatro, cinco, sete versos, pouco mais do que isso.

A época não era das mais fáceis. A barra estava pesada. O país passava pela fase de endurecimento do regime militar. Em 1968, o então presidente Costa e Silva baixou o *Ato Institucional nº 5* (AI-5), que, entre outras coisas, se traduzia na perda de direitos políticos, na cassação de mandatos e na demissão de muitos professores universitários considerados subversivos. Para não falar da tortura, praticada à larga pelo governo, e na censura sistemática aos órgãos de comunicação.

Nesse contexto, os poetas procuravam brechas para se expressar, pois ao mesmo tempo a juventude desfrutava um cli-

Anos de chumbo

Em 31 de março de 1964, os militares tomaram o poder no Brasil, derrubando o governo de João Goulart (o Jango). Goulart tinha sido vice-presidente de Jânio Quadros, eleito democraticamente. Mas quando Jânio renunciou ao cargo, em 1961, Goulart assumiu a presidência, e colocou no governo ministros declaradamente de esquerda. Para impedir o avanço do socialismo, os militares entraram em campo. O país passou a ser governado a partir de decretos, os Atos Institucionais. O mais pesado de todos, o AI-5, entrou em vigor a partir de 1968, instaurando a censura prévia e a tortura, entre outras coisas. Ele durou até 1979.

Um ícone da ditadura: o jornalista Wladimir Herzog enforcado em uma cela do DOI-CODI (Departamento de Operações de Informações – Centro de Operações de Defesa Interna), em São Paulo, 1975.

Estudantes franceses em confronto com a polícia, maio de 1968.

ma de desbunde, de festa, de mudança de costumes. Ainda se vivia sob o impacto dos acontecimentos de maio de 1968, na França, quando uma manifestação estudantil contra o autoritarismo e o anacronismo das academias terminou em confronto direto com a polícia e fez eclodir uma série de greves no país, com alcance internacional. Essa é a época da liberdade sexual, dos movimentos feministas, do cinema de Jean-Luc Godard, diretor de *A chinesa* (1967); época do "É proibido proibir", um dos vários lemas cunhados pelos estudantes franceses e que foi retomado, aqui, pelo tropicalista Caetano Veloso.

Como escreveu a crítica Heloísa Buarque de Hollanda, esse vento que batia forte lá fora soprava no Brasil, apesar da tensão gerada pela ditadura militar. "É por essa época que começa a chegar ao país a informação da contracultura, colocando em debate as preocupações com o uso de drogas, a psicanálise, o corpo, o *rock*, os circuitos alternativos, jornais *underground*, discos piratas etc."[1]

Heloísa, que foi a responsável pela primeira antologia da poesia dos anos 70, intitulada *26 poetas hoje*[2], lembra ain-

---

[1] HOLLANDA, Heloísa Buarque. *Impressões de viagem: CPC, vanguarda e desbunde: 1960/70*. 4. ed. Rio de Janeiro: Aeroplano, 2004.

[2] Idem. *26 poetas hoje: antologia*. 2. ed. Rio de Janeiro: Aeroplano, 1998.

da que o tema da liberdade, da desrepressão e a "função libertadora dos tóxicos e da psicanálise" fizeram que essa geração começasse a substituir "progressivamente os temas diretamente políticos". Em outras palavras, para esses jovens, a contestação já não se dava apenas no plano político, mas também no comportamental. A identificação, como ela frisa, não era mais com uma ideia abstrata de "povo", de "proletariado revolucionário", como se apregoava anteriormente, mas com camadas e culturas específicas da população: "Negros, homossexuais, *freaks*, marginal de morro, pivete, Madame Satã, cultos afro-brasileiros e escolas de samba".

Comportamento desviante

Nesse ambiente turbulento, surge a Tropicália, um movimento musical encabeçado por Caetano Veloso e Gilberto Gil, mas que terá desdobramentos no teatro, no cinema e nas artes plásticas e, posteriormente, marcará a produção da poesia marginal. O que interessa aqui, para pensar a poesia dos anos 70, é o lado anárquico do movimento tropicalista, do deboche, do "comportamento desviante", como dirá a poeta Ana Cristina Cesar, em 1979.[3]

Caetano Veloso e Gilberto Gil mais Arnaldo e Sérgio Baptista, do grupo Mutantes, durante o espetáculo Divino, Maravilhoso, *em outubro de 1968, no auge da Tropicália.*

---

3 CESAR, Ana Cristina. Literatura marginal e o comportamento desviante. In: *Escritos no Rio*. São Paulo / Rio de Janeiro: Ed. UFRJ / Brasiliense, 1993.

O fascínio pela canção

Vários poetas desse período se ligaram ao mundo da música popular brasileira, abrindo um novo caminho para a veiculação de seus poemas. Alguns acabaram se tornando letristas de grandes compositores. Waly Salomão foi parceiro, entre outros, de Caetano Veloso e Jards Macalé. Cacaso fez letras para Tom Jobim e Suely Costa. Ronaldo Bastos se ligou aos mineiros do "Clube da Esquina", fazendo canções (e vários sucessos) com Milton Nascimento, Lô Borges e Beto Guedes. Bernardo Vilhena, que estreou na poesia marginal, também foi letrista de Cazuza, Ritchie e Lobão, já nos anos 80. Paulo Leminski também fez parcerias com Caetano Veloso e Moraes Moreira.

Poesia & canção: Paulo Leminski entre Caetano Veloso e Moraes Moreira (c. 1983).

O tropicalismo, entre outras coisas, procurava justapor o antigo e o novo, o nacional e o importado – o samba e a guitarra elétrica, para ficar numa imagem tradicional. A coexistência desses traços remete ao projeto modernista de Oswald de Andrade, autor que foi devorado pelos tropicalistas e, depois, pelos poetas marginais. Era uma cartilha poética a ser reatualizada no Brasil nos anos da repressão e que também servia para arejar o ambiente dominado pelas canções de protesto e da MPB mais politizada, onde vigorava um certo elitismo e preconceitos de cunho nacionalista.

Como escreveu Ana Cristina, uma das principais poetas dos anos 70, "o tropicalismo é a expressão de uma crise, uma opção estética que inclui um projeto de vida, em que o comportamento passa a ser elemento crítico, subvertendo a ordem mesma do cotidiano e influenciando de maneira decisiva as tendências literárias marginais".

Já o poeta paulista Glauco Mattoso lembra que a influência não se deu apenas no plano comportamental. "Com o tropicalismo, aconteceu que todas as tendências musicais entraram na salada de frutas, caíram as fronteiras que separavam a contracultura da MPB, e esta conquistou ao mesmo tempo o público roqueiro e o intelectualizado. Ampliou-se assim o interesse da faixa mais jovem pela poesia ou por tudo aquilo que pudesse ser poesia".[4] A própria letra de música passou a ser valorizada, por sua alta qualidade literária, como se pode comprovar nas canções de Caetano Veloso e Gilberto Gil.

Os antecessores

Para compreender como esse momento sacudiu a cabeça dos jovens, seria preciso voltar um pouco no tempo e recordar o ambiente literário antes de 1964. O campo da poesia encontrava-se dividido: de um lado, poetas engajados politicamente, ligados aos CPCs (Centro Popular de Cultura) da antiga UNE (União Nacional dos Estudantes); do outro, os poetas de vanguarda, como os grupos de poesia concreta, neoconcreta, práxis e poema-processo. Nesse embate, a poesia dita mais engajada (como a veiculada na série "Violões de rua", dirigida pelo poeta Moacyr Félix) acabou soçobrando por sua própria fragilidade formal. Já a poesia concreta, apesar do pouco alcance popular que tinha, era altamente sofisticada: defendia o fim do verso tradicional e atomizava a frase, trabalhando os aspectos plásticos do poema (a disposição na página, o espaço em branco, o formato e o tamanho das letras, o peso sonoro, em suma, o que os vanguardistas gostavam de designar por meio de um palavrão: verbivocovisualidade). No calor do debate, porém, os concretos perceberam a necessidade de incluir a temática social em seus poemas. Foi o que eles chamaram de "salto participante".

Décio Pignatari ao fundo, entre Haroldo e Augusto de Campos, por ocasião do lançamento do "Plano-piloto para a Poesia Concreta" (1958).

---

4 MATTOSO, Glauco. *O que é poesia marginal?*. São Paulo: Brasiliense, 1981. (Primeiros Passos, 43)

Geração-mimeógrafo

Foi no princípio dos anos 70 que os primeiros poetas marginais apareceram. Sem espaço para editar seus livros nas grandes editoras (que também sofriam censura) e desprezando qualquer ideia de prestígio intelectual, eles bolaram uma saída bastante caseira e interessante. Começaram a imprimir seus poemas em mimeógrafos, fazendo edições artesanais de seus livros. Esses livrinhos passaram a circular de mão em mão. O primeiro movimento mais destacado se deu no Rio de Janeiro, com poetas como Chacal, Charles Peixoto e Ronaldo Bastos, em 1971.

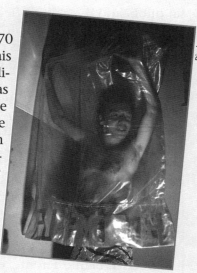

O carioca Hélio Oiticica (1937-1980), artista plástico e performer.

Chacal lembra que a confecção dos livros dependia de uma rede de amizades — o que marcou profundamente a poesia marginal. Um amigo ajudando o outro: "Um amigo meu, o Guilherme Mandaro, que também é poeta do grupo, dava aula num curso de vestibular e tinha acesso a um mimeógrafo. Fizemos cem exemplares, eu, o *Muito Prazer*, o Charles, o *Travessa Bertalha 11*. Saíamos vendendo em porta de teatro, quer dizer, mais distribuindo que vendendo, né?"[5]

A poesia de Chacal acabou tendo a acolhida, sempre calorosa, do também poeta Waly Salomão (que na época assinava Waly Sailormoon), autor de *Me segura qu'eu vou dar um troço*. Salomão colocou uma nota sobre *Muito prazer* na coluna de Torquato Neto, no jornal *Última Hora*. "Depois, ele mandou pro Hélio Oiticica e o Hélio escreveu, e

---

5 Depoimento dado a Carlos Alberto Messeder Pereira. In: *Retrato de época: poesia marginal, anos 70*. Rio de Janeiro: Funarte, 1981.

saí publicado", conta. Oiticica era um artista plástico, ligado ao grupo da Tropicália (o nome "tropicália" foi inclusive tomado de uma de suas obras).

Em 1974, outro grupo de poetas se formou. Dessa vez, Antônio Carlos de Brito (Cacaso) resolveu criar uma coleção de poesia, a Frenesi, que reuniria cinco autores: Francisco Alvim, Roberto Schwarz, José Carlos Pádua, Geraldinho Carneiro e o próprio Cacaso. O nome da coleção foi ideia do Geraldinho.

Essa reunião de autores tinha um dado diferente: Chico Alvim, Cacaso e Schwarz eram pelo menos dez anos mais velhos do que os poetas jovens dos anos 70. O que também se deu em relação à obra de Armando Freitas Filho, que começa ligado a Mário Chamie e ao Movimento Práxis e se firma a partir do diálogo com a geração marginal. Todos já haviam publicado livro anteriormente e também partiam de um projeto poético bem diferente, e já amadurecido.

Segundo Alvim, a coleção "constituiu-se numa tentativa de furar o bloqueio da não edição de livros de poesia. Não foi a primeira; nos anos imediatamente anteriores já se registrara — correspondendo a um período que se iniciava de crescente criatividade no campo da poesia — o aparecimento de livros que subvertiam, para não falarmos de valores propriamente poéticos em voga, os padrões tradicionais de produção, edição e distribuição".[6]

Praias, bares, calçadas

O próprio nome de "poesia marginal" surge dessa procura por caminhos alternativos de edição. Marginal entraria, inicialmente, como sinônimo de alternativo, de "circuitos alternativos ou marginais", afirma Heloísa Buarque de Hollanda. "A classificação 'marginal' é adotada por seus analistas e assim mesmo não sem certo temor e hesitação: fala-se mais frequentemente dos 'ditos marginais', 'chamados marginais',

---

6 ALVIM, Francisco. "Diversifiquemos os patrões." Entrevista ao jornal *Opinião*, 25 de março de 1977.

evitando-se uma postura afirmativa do termo."[7] A designação se restringia, assim, ao modo de circulação dos livros (à margem da indústria editorial), não se referindo nem ao estatuto literário dos textos nem à condição social dos autores, em grande parte pertencentes à classe média ou mesmo à elite.

O fato é que esse rótulo vingou e fez história, englobando poetas bastante diferentes, oriundos de grupos como Frenesi, Nuvem Cigana e Vida de Artista. Porém, como a própria crítica lembrou, durante um debate nos anos 70, esses nomes "vinham juntos e, diferenças respeitadas, empenhavam-se numa mesma luta, a revitalização do fazer poético, a busca de público, a desintelectualização de linguagem e de comportamento, o mercado alternativo"[8]. Para ela, a experiência de fazer poesia e viver a poesia estava acima de qualquer elaboração poética maior. "Há uma certa conclamação para que todos e qualquer um façam poesia. É um impulso apaixonado e vitalista."[9]

Na antologia que organizou em 1976, a própria Heloísa evitou a palavra "marginal" no título do livro. A recepção de *26 poetas hoje*, por parte da crítica, foi bastante polêmica, às vezes nada calorosa. Um artigo na revista *Veja* rotulava a nova poesia de "lixeratura", "diarreia poética".[10] Num debate com Heloísa para a revista *José*, em agosto de 1976, o poeta Sebastião Uchoa Leite dizia que "tanto a [poesia] de 22 quanto a de hoje, dão um retrato, mostram um poeta mais participante da realidade do que olhando para ela com um certo distanciamento".[11]

Sebastião flagrava a necessidade de esses poetas registrarem o que estavam vivendo, num gesto espontâneo e descomprometido com pesquisas estéticas. A linguagem, para isso, tinha de ser a do dia a dia, porém não necessariamente avessa à elaboração formal mais profunda. Em alguns auto-

---

7 Debate: poesia hoje. *Revista José*, n. 2, Rio de Janeiro: Fontana, 31 de agosto de 1976.

8 Ibidem.

9 Ibidem.

10 SANT'ANNA, Affonso Romano de. "Os Sórdidos." *Revista Veja*, 7 de julho de 1976, p. 127.

11 *Revista José*, n. 2, cit.

res, como Francisco Alvim, Cacaso e Ana Cristina Cesar, essa linguagem coloquial e urbana desembocava em uma pesquisa estética mais ampla.

Alvim, por exemplo, tirou o corpo fora da conversa e abriu o texto à voz alheia, à fala de personagens da vida brasileira, às vezes identificáveis, outras não. Cacaso, por outro lado, retomou o sentimentalismo romântico em chave humorada e irônica. Já Ana Cristina brincou com a poesia dita confessional (de confissão), fazendo poemas que lembram cartas e diários íntimos, mas que pouco revelam da intimidade, dado seu caráter fragmentário e o recurso frequente à paródia e à citação (*intertextualidade*).

De forma geral, os críticos sempre lembram que a poesia dos anos 70 descartava a racionalidade da poesia de construção de João Cabral de Melo Neto e dos poetas concretos. Sebastião Uchoa Leite — que era da mesma geração de Chico Alvim e Cacaso — ressaltou, no entanto, que "as vanguardas, sobretudo a concreta, trouxeram uma consciência de linguagem que não existia antes. E isso influi no grupo novo, mesmo que seja por oposição".

Hoje, olhando com a distância do tempo, percebe-se que havia uma oposição desses poetas ao "cerebrismo" de seus antecessores construtivistas, como se dizia então. Eles queriam que a vida entrasse no campo da poesia. Por isso, procuraram ser antiliterários e antiacadêmicos, mas — mesmo assim — não abriram mão da leitura tanto de Cabral quanto dos concretos, e até mesmo se utilizaram, de forma espontânea, de vários dos procedimentos que vinham desses autores.

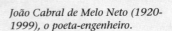

João Cabral de Melo Neto (1920-1999), o poeta-engenheiro.

Fora do Rio

Nem todos os poetas dos anos 70 participaram da poesia marginal, e nem todos eram do Rio de Janeiro. Em São Paulo, um dos núcleos mais conhecido foi o "Núcleo Pindaíba", lançando livros dos poetas Ulisses Tavares, Arnaldo Xavier, Aristides Klafke, Maria Rita Kehl, Sylvio Spada e Lúcia Villares. Havia também o grupo Sanguinovo, colando poesia em postes da cidade. Com uma produção independente, alternativa, seguiam os poetas Glauco Mattoso, autor do satírico *Jornal Dobrabil*, e Roberto Piva, que já vinha publicando desde os anos 60. Em Brasília, o poeta Nicolas Behr, que chegou a ser preso pelo DOPS (Departamento de Ordem Política e Social) por "posse de material pornográfico", mostrava uma poesia inventiva com o seu *Iogurte com farinha*, livro rodado em mimeógrafo e que, de mão em mão, vendeu oito mil exemplares.

Glauco Mattoso, o poeta podólatra, autor do Jornal Dobrabil.

Vale ainda lembrar que surgiram, no decorrer dos anos 70, outros poetas que não estavam ligados ao núcleo carioca da poesia marginal. Muitos deles, inclusive, aproximaram-se mais dos tropicalistas e dos poetas concretos Haroldo e Augusto de Campos e Décio Pignatari. É o caso de Paulo Leminski, Régis Bonvicino e Duda Machado, por exemplo. Leminski, contemplado nesta antologia, parece ter tentado uma ponte entre a coloquialidade dessa geração e a experimentação vanguardista que vinha da poesia concreta, aproveitando-se, inclusive, da linguagem publicitária, criando "máximas" que até hoje são repetidas, como "eu não brinco com o destino / o que vier eu assino".

Nos anos 80, com o período de abertura política e com o fim do AI-5, o país passou a viver um novo momento histórico. A censura deixava, enfim, de vigorar. Muitos poetas gerados no clima dos anos 70 acabaram publicando coletâneas e reuniões de suas poesias por grandes e médias editoras, o que propiciou um balanço de toda aquela produção literária. Já não fazia tanto sentido ser marginal. O próprio mimeógrafo havia sido ultrapassado por novas tecnologias. Hoje, virou peça de museu.

A produção concretista também foi quase inteiramente republicada nesse momento, e passou a ser assunto de várias discussões e análises. A nova geração de poetas que começou a despontar nesse período (e também nos anos 90) já trazia as marcas da influência de todas essas leituras e releituras. Com isso a oposição entre concretos e não concretos, que tanta polêmica gerou, foi se diluindo aos poucos.

Ana Cristina, Leminski e Cacaso, mesmo com a morte precoce, influenciaram muitos poetas jovens, e continuam influenciando. Francisco Alvim, que há anos mora fora do

Chacal e os poetas da nova safra: Chacal, Michel Melamede e Pedro Rocha (em pé); Viviane Mosé, Guilherme Zarvos, Gisela Campos e Guilherme Levi, 1999.

Para saber mais

- CACASO. *Não quero prosa*. 1. ed. Campinas / Rio de Janeiro: Ed. Unicamp / Ed. UFRJ, 1997.
- DANTAS, Vinicius & SIMON, Iumna Maria. Poesia ruim, sociedade pior. *Novos Estudos Cebrap*. São Paulo: Cebrap, n. 12, p. 48-61, jun. 85.
- LAFETÁ, João Luís. A poesia em 1970. In: *A dimensão da noite*. São Paulo: Editora 34, 2004.
- NOVAES, Adauto (org.). *Anos 70: ainda sob a tempestade*. Rio de Janeiro: Aeroplano / SENAC Rio, 2005.
- RIDENTI, Marcelo. *Em busca do povo brasileiro: artistas da revolução, do CPC à era da tv*. 1. ed. Rio de Janeiro: Record, 2000.
- SCHWARZ, Roberto. Cultura e política, 1964-1969. In: *Pai de família e outros estudos*. 2. ed. São Paulo: Paz & Terra, 1992.

Brasil, pois é diplomata de carreira, passou a ser relido muito recentemente, e cada poema seu é esperado com ansiedade pelos leitores. Chacal continua aprontando. Criou, no Rio, o Centro de Experimentação Poética — o CEP 20.000, revelando novos autores; lançou a revista de poesia *O Carioca*, que teve vida curta, mas marcante; e se tornou um animado agitador cultural, fazendo com frequência leituras públicas de seus poemas.

Heitor Ferraz Mello
Jornalista e editor, mestre em Literatura Brasileira pela USP com a dissertação *O rito das calçadas (aspectos da poesia de Francisco Alvim)*, 2001. Poeta, é autor de *Coisas imediatas [1996-2004]*, coleção Guizos, Rio de Janeiro: 7 letras, 2004.

A ficha dos poetas marginais

Ana Cristina Cesar

Bela como poucas, Ana Cristina foi a musa absoluta da poesia marginal. Nascida no Rio de Janeiro, em 1952, formou-se em Letras e fez curso de tradução literária na Inglaterra. Influiu ativamente na vida cultural carioca dos anos 70, escrevendo artigos em jornais e participando de debates. Em 1982, ela reuniu seus livros publicados de forma independente no volume *A teus pés*. Em 1983, durante uma crise emocional, Ana C., como assinava, se matou, saltando pela janela, aos 31 anos. Em 1985, o poeta Armando Freitas Filho reuniu seus inéditos no livro *Inéditos e dispersos*.

Cacaso
(Antônio Carlos de Brito)

Criador da coleção Frenesi, escrevia artigos em jornais comentando a obra de Chacal, Ana Cristina e outros. Estreou em 1968, com o livro *Palavra cerzida*, em que revelava certa influência simbolista, bebida na obra de poetas como Cecília Meireles. Em 1970, sua poesia passa a ser mais descarnada, coloquial e humorada. Um de seus livros mais famosos é *Beijo na boca* (1975), em que faz referências ao romantismo brasileiro. Também fez letras para canções de Tom Jobim e Suely Costa, entre outros. Cacaso nasceu em Uberaba em 1944 e morreu em 1987, no Rio de Janeiro.

Sérgio Berezovski, 1982 / Editora Abril

Chacal
(Ricardo Carvalho Duarte)

Foi o primeiro a entrar na onda do livro impresso em mimeógrafo e distribuído de mão em mão. O livro se chamava *Muito prazer, Ricardo* (1972). Nele, os versos vão quase rentes à fala cotidiana, incorporando recursos como a linguagem dos jornais e as gírias, sempre com muita graça e suíngue. Sua obra foi reunida em 1983 na coletânea *Drops de abril*. Nascido no Rio de Janeiro em 1951, Chacal continua em plena atividade, fazendo leituras públicas e publicando poemas. Foi editor da revista de poesia *O Carioca* e também publicou os livros *Comício de tudo* (1986), *Letra elétrika* (1994) e *A vida é curta pra ser pequena* (2002).

Francisco Alvim

Nasceu em Araxá, Minas Gerais, em 1938. É diplomata e atualmente mora na Costa Rica. Em sua poesia encontramos uma vertente lírica e outra mais marcada pela reflexão social — presente sobretudo nos textos em que há recorte e montagem de falas e estilos provenientes dos mais diversos extratos da sociedade. Publicou vários livros, como *Passatempo* (1974); *Lago, Montanha* (1981); *O corpo fora* (1988) e *Elefante* (2000), entre outros.

Paulo Leminski

Como dizia Haroldo de Campos, Leminski era um "Rimbaud curitibano com físico de judoca". Este poeta nascido em Curitiba, no Paraná, em 1944, foi tradutor, professor de história e de judô, publicitário, romancista e músico. Sua poesia, altamente elaborada e construída, era sintética, concisa e debochada. Caetano Veloso dizia que ele misturava a poesia concreta com a literatura *beatnik* dos americanos dos anos 50. Foi letrista de MPB e publicou vários livros independentes – reunidos pela primeira vez em 1983, na coletânea *Caprichos & relaxos*. Em 1987, lançou *Distraídos venceremos*. Leminski morreu em 1989. Entre suas obras póstumas estão *La vie en close* (1991) e *Winterverno* (1994).

Referências bibliográficas

Os poemas que compõem esta antologia foram extraídos das seguintes obras:

Ana Cristina Cesar

A teus pés, 2. ed. São Paulo: Ática, 2002.
Inéditos e dispersos, 4. ed. São Paulo: Ática / Instituto Moreira Salles, 1999.

Chacal

Drops de abril, 1. ed. São Paulo: Brasiliense, 1983.
Letra elétrika, 1. ed. Rio de Janeiro: Diadorim, 1994.

Cacaso

lero-lero, 1. ed. São Paulo / Rio de Janeiro: Cosac & Naify / 7 letras, 2002.

Francisco Alvim

Poemas [1968-2000], 1. ed. São Paulo / Rio de Janeiro: Cosac & Naify / 7 letras, 2004.

Paulo Leminski

Caprichos & relaxos, 1. ed. São Paulo: Brasiliense, 1983. (Col. "Cantadas literárias")
Distraídos venceremos, 1. ed. São Paulo: Brasiliense, 1987.
La vie en close, 1. ed. São Paulo: Brasiliense, 1991.